AF467749

ARLEQUIN ODALISQUE,

COMÉDIE-PARADE

EN UN ACTE ET EN PROSE,

MÊLÉE DE VAUDEVILLES.

Représentée pour la première fois, sur le théâtre des Troubadours, le 15 messidor, an 8.

Par le citoyen AUGER.

A PARIS,
Au magasin des pièces de Théâtre, rue des Prêtres St.-Germain-l'Auxerrois, n.° 44, en face de l'Eglise.

An VIII.

PERSONNAGES. ARTISTES.

LE SULTAN.	*Saint-Légé.*
ZULIMA, sultane favorite.	*Mme. Laporte.*
ARLEQUIN	*Bosquier-Gavaudan.*
COLOMBINE.	*Mlle. Delisle.*
UN BOSTANGI.	*Bellement.*
CHEF DES EUNUQUES.	*Huet.*

FEMMES BLANCHES, FEMMES NOIRES, ET MUETS.

La Scène est à Constantinople, dans les jardins du grand-seigneur. On voit dans le fond, d'un côté, un kiosque, de l'autre un souterrain, fermé d'une grille, qui conduit à la mer.

COUPLET D'ANNONCE.

AIR : *Trouverez-vous un parlement.*

Chez le grand-turc, dans un instant ?
L'auteur vous transporte et vous place ;
De l'Arlequin, qu'on aime tant,
Un acteur va suivre la trace.
Puissiez-vous dire ici dans peu,
L'auteur, l'acteur ont fait de sorte,
L'un dans ses vers, l'autre en son jeu,
Qu'ils nous ont retracé *la Porte* !

ARLEQUIN ODALISQUE,

COMÉDIE-PARADE

EN UN ACTE ET EN PROSE;

MÊLÉE DE VAUDEVILLES.

SCÈNE PREMIÈRE.

LE BOSTANGI.

(Il entre en scène demi-ivre, tenant un paquet de hardes sous le bras.)

AIR: *Quand je suis soûl dès le matin.*

Peut-on savoir à quelle fin
Mahomet, cet homme divin,
De l'aimable jus du raisin
Proscrit l'usage?
Le prophète n'était pas sage (*bis.*)
Quand il nous défendit le vin;
Ce jour là, moi, j'aime à le croire,
Lui-même il venait d'en trop boire.

Voici le moment d'ouvrir le souterrain, et de donner à notre homme le signal convenu.

(Il donne un signal, et va ouvrir le souterrain; Arlequin en sort.)

SCÈNE II.

LE BOSTANGI, ARLEQUIN.

ARLEQUIN.

AH ! seigneur Bostangi, qu'il me tardait de recevoir votre signal !

LE BOSTANGI.

Encore fallait-il le tems. Ah ! ça, mon ami, vous voilà dans le sérail de sa hautesse. Vous m'avez donné 60 sequins ; vous m'avez fait boire d'excellent vin... et beaucoup. Il n'y a pas eu moyen de tenir contre des procédés aussi délicats ; mais j'espère que vous vous comporterez ici de manière à ne pas me compromettre.

ARLEQUIN.

Soyez tranquille.

LE BOSTANGI

Voilà des habits de femme que je me suis procurés pour votre déguisement.

ARLEQUIN.

J'augure tout-à-fait bien de ce costume-là.

AIR : *Cet arbre apporté de Provence.*

De la prudence et de l'adresse,
Du langage touchant et fin,
Amour forma dans sa tendresse,
Le lot du sexe féminin ;
Du projet conçu par ma flamme
Le succès tient à cet habit ;
Sous les vêtemens d'une femme,
N'a-t on pas toujours de l'esprit ?

LE BOSTANGI.

Quelle idée ! quoi ! vous croyez ?....

ARLEQUIN.

Je ne suis pas étonné que vous ne conceviez pas, comme moi, l'influence du costume, de ce qu'on appelle *robe ;* mais je viens d'un pays où elle était bien grande autrefois.

AIR : *Ton humeur est Catherine.*

Chez Thémis certaine *robe*
Donnait sagesse et pouvoir;
En Sorbonne, une autre *robe*,
Donnait vertus et savoir.

Bien plus, il a existé dans ce pays-là, il y a environ deux siècles, un fameux rieur, nommé *Rabelais*, médecin et curé de son métier....

Endossant sa vieille *robe*,
Nos apprentifs assassins,
Sur-le-champ, grace à la *robe*,
Devenaient grands médecins.

LE BOSTANGI.

C'est merveilleux, en vérité. Ah ! ça, seigneur Arlequin, j'ai été trouver votre Colombine, et je lui ai dit, comme nous en sommes convenus, que si elle vouloit se faire dire la bonne aventure, il y avoit une jeune esclave égyptienne nouvellement arrivée au sérail, qui feroit son affaire. Elle a accepté ma proposition avec joie. Je vous conduirai à elle quand il en sera tems.

ARLEQUIN.

Ah! tout de suite.

LE BOSTANGI.

Comme vous êtes pressé ! mais savez-vous bien que vous êtes un être rare dans l'espèce des gens de votre pays?

AIR : *Si Pauline est dans l'indigence.*

Pour être près de votre femme
Chez nous accourir de si loin !
Mon cher Arlequin, sur mon ame,
C'est prendre un bien étrange soin.
Car, parmi la race chrétienne,
On assure que maint époux,
Pour être éloigné de la sienne,
Ferait plus de chemin que vous.

ARLEQUIN.

Que voulez-vous? nos maris sont si constans! nos femmes si fidelles ! ça fait de si bons ménages !

LE BOSTANGI.

Que vos maris fassent comme nous, nous avons cent femmes, deux cents femmes, autant que nous voulons. . . . .

ARLEQUIN.

Eh bien ?

LE BOSTANGI.

Eh bien, nous pouvons répondre de toutes. Un bon sérail bien haut muré, bien fermé, nous en fait raison.

AIR : *Du Vaudeville des Jumeaux de Bergame.*

Malgré le nombre de nos femmes,
Malgré leur inconstante humeur,
Nous savons prévenir leurs trames,
Et mettre à couvert notre honneur.

ARLEQUIN.

Avoir tant de femmes et parvenir à les bien garder ! chez nous un homme n'en peut épouser qu'une, et encore. . . .

A la prendre s'il se hasarde,
De près il doit y regarder :
Car seule à l'époux qui la garde,
Elle en donne bien à garder.

AIR: *Du Vaudeville de l'Isle des Femmes.*

Aussi voilà pourquoi, dit-on,
Le Français n'est pas polygame;
Mais il a plus d'une raison
Pour ne posséder qu'une femme.
Le nombre dont vous faites cas,
Chez nous serait fort inutile;

Chez nous...

Une femme a tous les appas
Qu'à peine vous trouvez dans mille.

Ah ça, seigneur Bostangi, il est tems q[illegible] m'habille; on pourrait nous surprendre.

LE BOSTANGI.

Vraiment vous avez raison. Tenez, v[illegible] la clef de ce kiosque là-bas dans le fond à droit[illegible] Allez vous y enfermer et faire votre toilette; m[illegible] e vais rôder à l'entour, de crainte de surprise.

ARLEQUIN.

Bon, j'y cours.

SCÈNE III.

LE BOSTANGI, *seul.*

C'EST que sa hautesse ne badinerait pas au moins... On vient de ce côté. Voyons qui ce peut être. C'est la sultane. Colombine est avec elle. Ces deux femmes là ne se quittent pas. Eloignons nous.

SCÈNE IV.

ZULIMA, COLOMBINE.

ZULIMA.

CONÇOIS-TU, chère Colombine, tout l'excès de mon malheur ? donner ordre d'assembler le sérail dans une heure !

COLOMBINE.

Mais êtes vous bien sûre, belle Zulima, que ce soit dans le dessein de faire un choix ?

ZULIMA.

Hélas ! je n'en puis douter. Amant ingrat ! qu'ai-je donc fait pour mériter de ta part un aussi cruel affront !

AIR : *Souvent la nuit quand je sommeille.*

C'est pour toi seul que je respire,
Seul tu fais palpiter mon cœur ;
T'aimer, le prouver, te le dire,
Voila ma vie et mon bonheur.
Ton inconstance en vain m'outrage ;
Hélas ! je brûle encor pour toi.
Ah ! dis moi, toi-même dis moi,
Si l'on peut aimer davantage.

COLOMBINE.

Je vais vous parler franchement. C'est ce même amour si constant, si persévérant, si uniforme, qui cause en ce moment votre disgrace.

ZULIMA.

Que veux-tu dire ?

COLOMBINE.

Sans doute. Aimez moins le sultan, et le sultan vous aimera davantage.

AIR : *On compterait les diamans.*

Vous lassez sa fidélité,
Par cette ardeur si complaisante;
Il cherche avec moins de beauté
Une flamme moins exigeante.
Trop de constance en vos amours
Fait qu'aujourd'hui l'on vous délaisse;
Le secret de plaire toujours
Est de ne pas aimer sans cesse.

ZULIMA.

Hélas! je commence à le croire; mais il est bien tard.

COLOMBINE.

Rassurez vous, belle Zulima; le sultan ne peut pas vous être long-tems infidèle. C'est dans la possession d'une autre, qu'il sentira tout le prix de vos charmes; mais entouré de tant de femmes qui ne cherchent qu'à lui plaire, est-il étonnant qu'il cède une fois au plaisir de changer? On dit que c'en est un si grand pour les hommes.

AIR : *Vaudeville de l'Officier de fortune.*

Cent beautés briguent son hommage;
Peut-il ne pas être inconstant?
Tel est le papillon volage
Au sein d'un parterre éclatant;
Quoiqu'en se jouant il dépose
Quelques baisers sur chaque fleur,
Il revient toujours à la rose
Rapporter l'offre de son cœur.

ZULIMA.

Puisses-tu dire vrai, ma chère Colombine!

COLOMBINE.

Ma prédiction s'accomplira, soyez en sûre.

ZULIMA.

Je me retire dans mon appartement. Le sultan n'exigera sûrement pas que je vienne orner le triomphe de celle qu'il me préférera. Adieu, je vais cacher mes douleurs.

SCÈNE V.

COLOMBINE, *seule.*

CETTE pauvre Zulima! elle est réduite à se plaindre, sans pouvoir punir l'ingrat qui veut l'abandonner. Voilà ce que c'est aussi que d'être dans un sérail.

AIR: *Qu'on soit jaloux dans sa jeunesse.*

En France qu'un époux volage
De sa femme trompe les vœux,
Pour se venger de cet outrage
Elle s'engage en d'autres nœuds;
Mais hélas! ici l'inconstance
Peut braver l'amour sans danger:
Il faut s'y passer de vengeance,
Faute d'hommes pour en changer.

SCENE VI.

COLOMBINE, LE BOSTANGI.

LE BOSTANGI, *à part.*

VOILA Colombine seule. Abordons là. (*Haut.*) Madame, cette jeune esclave égyptienne dont je vous ai parlé tantôt, attend vos ordres. Puis-je vous la présenter?

COLOMBINE.

Ah! oui; vous m'obligerez.

LE BOSTANGI.

Je vais vous l'amener.

SCENE VII.

COLOMBINE, *seule.*

JE vais donc savoir si Arlequin m'est resté fidèle. Que de risques je cours à m'en informer!

SCENE VIII.

COLOMBINE, ARLEQUIN, LE BOSTANGI.

COLOMBINE, *à part.*

CIEL! quelle étonnante ressemblance!

LE BOSTANGI.

Madame, voici notre diseuse de bonne aventure.

COLOMBINE, *à part.*

Je n'en reviens pas. (*Haut.*) Bostangi, je vous serai obligée de nous laisser seules.

LE BOSTANGI.

J'obéis.

SCÈNE IX.

ARLEQUIN, COLOMBINE.

ARLEQUIN, *à part.*

COMME je suis ému! Contraignons-nous, s'il se peut, et assurons-nous de ses véritables sentimens.

COLOMBINE, *à part.*

Ma surprise est au comble. (*Haut.*) Approchez-vous; on dit que vous possédez à fond l'art de la divination?

ARLEQUIN.

Oui, madame, et je l'exerçais avant d'entrer au cérail.

AIR : *La bonne aventure, ô gué !*

A gens de toute façon,
De toute tournure,
De tout sexe, de tout nom,
De toute figure,
En un mot, à tout venant,
Je disais, pour son argent,
La bonne aventure,
O gué !
La bonne aventure.

Par exemple, un neveu, dont l'oncle riche et vieux ne voulait pas mourir ; une femme, qui se trouvait gênée dans ses amours par un mari jaloux et brutal, venaient me demander quand finirait leur tourment ; je répondais au neveu :

Même Air.

Votre oncle décédera,
Moi, je vous le jure.

A la femme :

Votre époux trépassera,
La chose est très-sûre.
L'un disait : J'aurai l'argent.
L'autre : J'aurai mon amant.
La bonne aventure,
O gué !
La bonne aventure.

COLOMBINE.

N'aviez-vous pas d'autres pratiques ?

ARLEQUIN.

Oh ! je vous demande pardon. Ma plus forte branche de commerce était les amoureux.

COLOMBINE.

Cela est fort naturel.

ARLEQUIN.

AIR : *Il faut des époux assortis.*

La tendre fille dont l'amant
Avait été séparé d'elle,
Venait me demander souvent
S'il lui serait toujours fidèle.
Quand la belle avait vos appas,
Vainqueurs du tems et de l'absence,
De son amant jusqu'au trépas
Je lui prédisais la constance.

COLOMBINE, *à part.*

Qu'elle était heureuse ! (*Haut.*) Poursuivez.

ARLEQUIN.

Même Air.

Souvent aussi certain amant,
Qui vivait loin de sa maîtresse,
Venait s'informer, en tremblant,
S'il aurait toujours sa tendresse.
Cette belle avait vos appas,
Son amant redoutait l'absence;
Je desirais et n'osais pas
Lui prédire de la constance.

COLOMBINE, *vivement.*

Et pourquoi n'osiez-vous pas ? C'est fort mal.

ARLEQUIN.

Je m'en vais vous dire : c'est que la fidélité des femmes est une chose très-mobile, et que souvent elle échappe à notre art. Quand il s'agit d'un amant, nous sommes bien plus sûrs de notre fait.

COLOMBINE.

Ah! si cela est, vous allez me dire si je puis toujours compter sur la tendresse du mien.

ARLEQUIN.

Volontiers ; où est-il ?

COLOMBINE.

Mais en France, à Paris, sans doute.

ARLEQUIN.

Son nom ?

COLOMBINE.

Arlequin.

ARLEQUIN, *à part.*

Cela commence bien. (*Haut.*) Donnez-moi votre main, que j'en observe les linéamens suivant les règles de la chiromancie.

COLOMBINE, *à part.*

Encore une fois, c'est merveilleux. Je n'ai jamais vu entre deux personnes des rapports si frappans, si multipliés ; même figure, même taille, même son de voix.

ARLEQUIN, *à part.*

Avec quelle attention elle m'examine !

COLOMBINE, *à part.*

DUO DU PRISONNIER.

Hélas ! il est loin de ces lieux.

ARLEQUIN, *à part.*

De ce séjour qui nous rassemble,
L'air est pour moi délicieux.

COLOMBINE, *à part.*

Voilà pourtant son teint, ses yeux.

ARLEQUIN, *à part.*

A-la-fois j'espère et je tremble.

COLOMBINE, *à part.*

On ne peut se ressembler mieux.

ENSEMBLE.

ARLEQUIN, *à part.*

Le secret que je veux surprendre,
Fera ma joie ou mon tourment.

COLOMBINE, *à part.*

Un trouble que je ne puis rendre,
Saisit mon cœur en ce moment.

ARLEQUIN, *haut.*

Votre Arlequin vous est fidèle ;
Pour vous sa flamme est éternelle.

COLOMBINE, *haut.*

Rien n'est égal à mon bonheur.

ARLEQUIN, *haut.*

A ses feux, malgré la distance,
Gardez-vous la même constance?

COLOMBINE, *à part.*

Peut-il jamais perdre mon cœur ?

ENSEMBLE.

COLOMBINE, *à part.*

L'amant que mon cœur adore,
N'a point cessé de me chérir.
Si mes pleurs coulent encore,
Cette fois-là c'est de plaisir.

ARLEQUIN, *à part.*

L'objet que mon cœur adore,
N'a point cessé de me chérir.
Si mes pleurs coulent encore,
Cette fois-là c'est de plaisir.

COLOMBINE, *haut.*

Il m'aime encore ?

ARLEQUIN, *haut.*

Il vous adore.

ENSEMBLE.

COLOMBINE, *à part.*

L'amant que mon cœur adore,
N'a point, etc.

ARLEQUIN, *à part.*

L'objet que mon cœur adore,
N'a point, etc.

ARLEQUIN.

ARLEQUIN.

Oui, madame, votre amant vous est fidèle, et vous le sera toujours.

COLOMBINE.

En êtes-vous bien sûre ?

ARLEQUIN.

Comme de moi-même.

COLOMBINE.

Vous lui ressemblez à un point qui n'est pas croyable.

ARLEQUIN.

A-peu-près comme tu ressembles à Colombine.

COLOMBINE.

Quoi ?

ARLEQUIN.

Eh ! oui.

COLOMBINE.

C'est toi ?

ARLEQUIN.

C'est moi.

COLOMBINE.

Et j'ai pu en douter un instant !

ARLEQUIN.

Tu m'aimes donc toujours ?

COLOMBINE.

Si je t'aime !.... Je ne te ferai pas la même question ; ta présence ici ne peut me laisser aucun doute. Mais apprends-moi donc comment tu as fait pour t'y introduire.

ARLEQUIN.

Eh bien ! écoute. Resté sur le rivage, après t'avoir

conduite au vaisseau qui devait te transporter en Italie, je te suivais des yeux, quand un corsaire vous attaqua presqu'au sortir du port, et vous prit. Juge de ma douleur; on me dit que ce brigand enlevait par-tout des femmes pour le sérail du grand-seigneur. Désespéré, anéanti, je retournai sur-le-champ à Paris, dans le dessein d'y trouver une somme assez forte pour te racheter, s'il était possible, ou du moins pour pénétrer jusqu'à toi. Je n'en avais pas le premier sol; je m'adressai donc à mes amis. Des amis! je n'en avais plus; j'étais malheureux.

AIR: *Jeunes amans, cueillez des fleurs.*

La soif d'un métal corrupteur
Des vertus a tari la source;
A son ami, dans le malheur,
On ferme son cœur et sa bourse.
La compatissante amitié,
Patrimoine de l'infortune,
N'est plus qu'un nom presqu'oublié,
Dont le souvenir importune.

COLOMBINE.

Et que fis-tu alors?

ARLEQUIN.

J'exerçai toutes sortes de professions.

AIR: *C'est un enfant.*

Car en tout Arlequin, ma chère,
Hors en amour, est inconstant.
De métier et de caractère
Arlequin change à chaque instant.
  Hélas! qu'on voit d'hommes,
  Au tems où nous sommes,
Varier du soir au matin,
  Comme Arlequin.

Quoi qu'il en soit, je gagnai de l'argent, et je me mis en route pour Constantinople. Arrivé hier, j'ai rencontré aujourd'hui un honnête Bostangi qui aime bien l'or et le vin. Je lui ai donné soixante sequins, je l'ai enivré, et il m'a introduit ici sous ce déguisement. Voilà toute mon histoire; et la tienne, ma chère Colombine ?

COLOMBINE.

La mienne se borne au récit de mes douleurs. Tu n'as pas d'idée de ce que j'ai souffert dans cette odieuse demeure. J'y périssais d'ennui au sein des plaisirs.

ARLEQUIN.

Pauvre Colombine !

COLOMBINE.

Le présent me fait oublier le passé; mais l'avenir m'inquiète. Je ne peux plus vivre séparée de toi, et tu ne peux pas rester dans le sérail.

ARLEQUIN.

Non.

COLOMBINE.

Eh bien ! il en faut sortir. As-tu encore de l'argent ?

ARLEQUIN.

Ah ! mon Dieu, non; j'ai tout donné à ce maudit Bostangi.

COLOMBINE.

Nous voilà bien avancés.

AIR: *Un jour Guillot trouva Lisette.*

Comment donc franchir la barrière
De ce redoutable palais ?
En voilà pour la vie entière,
Et nous n'en sortirons jamais.

ARLEQUIN.

Quoi ! de l'argent pour que je sorte,

Quand j'en ai donné pour entrer !
Par-tout, lorsqu'on paie à la porte,
Gratis on peut se retirer.

COLOMBINE.

Bon pour toi, tu as payé; mais c'est sans payer que je suis entrée ici, et, par la raison contraire, il faudrait que je payasse pour en sortir.

ARLEQUIN.

Tu as raison. Eh bien ! je reste.

COLOMBINE.

Tu n'y penses pas. Si on te découvre.

ARLEQUIN.

Je me fais Musulman.

COLOMBINE.

A quoi cela t'avancera-t-il ?

ARLEQUIN.

Comme tel j'aurai droit au paradis de Mahomet et à toutes les jouissances qu'il y promet à ses élus, et je dirai au sultan.

AIR : *Vaudeville du Petit Matelot.*

De son vivant votre hautesse
A cent femmes pleines d'appas,
Et moi je n'ai qu'une maîtresse,
De grace, ne me l'ôtez pas.
Après la mort on nous destine
Je ne sais combien de houris;
Je vous cède pour Colombine
Toute ma part de paradis.

Tu crois que le sultan ne sera pas content de ce marché-là ?

COLOMBINE.

J'en doute : tu ne sais pas combien un sultan est délicat sur l'article.

ARLEQUIN.

A propos de cela.

AIR : *Tarare pompon.*

Ma chère éclaircis-moi
D'un point qui m'intéresse.
Quel est chez sa hautesse
Ton état, ton emploi ?

COLOMBINE.

Je suis une de ses femmes.

ARLEQUIN.

O sort que je redoute !
Toi sa femme ?

COLOMBINE.

Fort bien.

ARLEQUIN.

Lui ton époux ?

COLOMBINE.

Sans doute.

ARLEQUIN.

J'en tien.

COLOMBINE.

Rassure-toi, mon cher Arlequin, le sultan et moi, nous ne sommes encore que fiancés ; mais tu pourrais bien être arrivé pour les épousailles.

ARLEQUIN.

Explique-toi.

COLOMBINE.

Voici le fait. Depuis que je suis au sérail, sa hautesse a aimé sans partage la belle Zulima, qui a le rang et les prérogatives de sultane favorite. Mais dans quelques instans le sérail se rassemble par ses ordres, et on croit que las de Zulima, il va faire un autre choix. Si ce choix allait tomber sur moi....

ARLEQUIN.

J'en ai une peur affreuse.

COLOMBINE.

Sois tranquille. Il y a dans ce sérail cent femmes plus dignes que moi de lui plaire.

ARLEQUIN.

Ne lui plais pas je t'en prie.

COLOMBINE.

Je suis loin de le craindre; mais que puis-je faire pour l'éviter?

ARLEQUIN.

Il n'y a que manière de s'y prendre.

AIR : *J'ai vu par-tout dans mes voyages.*

Ta grace à qui tout rend les armes,
Du sultan fixerait les yeux.
Dérobe tes modestes charmes,
A ses regards trop curieux;
Ainsi la chaste sensitive,
Qu'approche une indiscrète main,
Soustrait sa feuille fugitive
Et la renferme dans son sein.

COLOMBINE.

Ciel! nous nous sommes laissés surprendre. Tout le sérail vient vers nous. C'est sans doute à cette place même qu'il va s'assembler. Que faire?

ARLEQUIN.

Je n'en sais rien.

COLOMBINE.

La retraite est impossible. Le tems te manque, on te

remarquerait, tu deviendrais suspect. Reste avec moi tu te confondras dans la foule des esclaves noires qui font partie du sérail.

ARLEQUIN.

Bien imaginé. Tu es sûre qu'on ne me reconnaîtra pas ?

COLOMBINE.

Comment cela ? Tu n'as pas encore paru dans le sérail.

ARLEQUIN.

Ne peut-on pas me reconnaître pour quelqu'un qu'on n'a jamais vu ?

AIR : *Que ne suis-je la fougère.*

Je tremble ma Colombine,
Que quelque turc indiscret,
N'ayant jamais vu ma mine,
Ne découvre mon secret.
Comment cacher ma figure ?
Encor si c'était le soir. ...

COLOMBINE.

Soir ou matin je t'assûre
Qu'on n'y verra que du noir.

L'amour nous protégera. Taisons-nous. On arrive.

SCÈNE X.

LES PRÉCÉDENS, LE CHEF DES EUNUQUES, FEMMES, etc.

AIR : *Dorilas contre moi des femmes.*

Vers ces lieux, le sultan s'avance :
D'une femme il va faire choix.
Venez briguer la préférence,

Belles, qui vivez sous ses loix.
Joignez à la gaieté légère,
L'abandon de la volupté,
On sait que le desir de plaire
Est la grace de la beauté.

Dans ces agréables demeures,
Asyle des plus doux loisirs,
Vous voyez vos tranquilles heures
S'écouler au sein des plaisirs.
Les pénibles soins, les allarmes,
De vous n'osent point approcher;
Quand l'amour fait couler vos larmes,
L'amour prend soin de les sécher.

SCENE XI.

LES PRÉCÉDENS, LE SULTAN, GARDES, MUETS.

LE CHEF DES EUNUQUES.

VOICI sa hautesse.

LE SULTAN.

Enfin je respire. Me voilà donc dégagé des fers de Zulima.

AIR: *Du vaudeville du petit Jockei.*

Des femmes l'empire si doux
Devient une chaîne importune,
En changeant, garantissons-nous
Du danger de n'en aimer qu'une.
Tendres belles, qui blâmez tant
Nos goûts légers, et peu durables,
Le ciel a fait l'homme insconstant,
En vous rendant toutes aimables.

Voyons sur laquelle de ces beautés, mes desirs s'arrêteront aujourd'hui.

(Il examine dédaigneusement, l'une après l'autre, les femmes rangées en demi-cercle. Arrivé vis-à-vis d'Arlequin, qui est tapi derrière un groupe de femmes noires, il fait autant de mouvemens pour l'appercevoir, que celui-ci pour n'être pas apperçu.)

Quelle est cette femme qui s'obstine à me cacher ses traits? Elle pique ma curiosité.

AIR: *Oui, noir, mais pas si deable.*

Eh quoi! l'on se retranche!
Dieux! quel objet charmant!
La plus aimable blanche
Jamais ne me plut tant. (*bis*)
De ces fades beautés,
Mes yeux sont rebutés;
Cette brune piquante
Me ravit et m'enchante;
Oui, je veux pour amante,
Quoiqu'elle ait le teint noir,
L'avoir
Ce soir;
Jettons-lui le mouchoir.

(Le mouchoir tombe aux pieds d'Arlequin, qui, en le relevant, fait plusieurs lazzis pour exprimer l'étonnement.)

COLOMBINE, *à part.*

Nous sommes perdus.

LE SULTAN.

Délicieuse, adorable, en vérité.

ARLEQUIN.

Un mouchoir! à quel propos?

LE SULTAN.

Quelle aimable ignorance de nos usages! ce trait la rend encore plus jolie à mes yeux.

AIR: *Ce mouchoir belle Raimonde.*

Ce mouchoir, belle négresse,
Est le prix de la beauté.

Pour gage de sa tendresse
Ton maître te l'a jeté.
Que l'orgueil des blanches gronde,
Et jalouse ton succès,
Le teint le plus blanc du monde
Ne vaut pas tes noirs attraits.

ARLEQUIN, *à part.*

Mais il extravague, ce sultan; je crois, dieu me pardonne, qu'il me fait une déclaration d'amour.

LE SULTAN.

Que le sérail se retire.

ARLEQUIN, *à part.*

Un tête-à-tête ! en voici bien d'un autre.

COLOMBINE, *à part.*

Ç'en est fait, tout va se découvrir.

SCÈNE XII.

LE SULTAN, ARLEQUIN.

LE SULTAN.

JE puis donc t'entretenir un moment en liberté de l'amour que tu m'as inspiré.

ARLEQUIN.

Mais seigneur...

LE SULTAN.

Je n'ai encore trouvé qu'en toi cette grace, cette beauté sans prétention....

ARLEQUIN.

Mais seigneur....

LE SULTAN.

AIR. *N'en demandez pas davantage.*

Non, rien n'égale les appas
Dont tu présentes l'assemblage;
Bouche vermeille, joli bras,
Œil assassin, gentil corsage,
Tels sont les attraits
Que j'apperçois, mais
J'en devine bien davantage.

ARLEQUIN.

N'en demandez pas davantage.

Croyez-moi, restons-en là.

LE SULTAN.

Ta retenue excite mon ardeur.

ARLEQUIN.

Vous n'y pensez pas, seigneur, je suis noire comme le diable.

LE SULTAN.

AIR: *Avec les jeux dans le village.*

De ce teint ne sois pas en peine,
Il a mille charmes pour moi;
Dans les airs, sur son char d'ébène,
La nuit est noire comme toi,
Et cependant ses sombres voiles
Sont semés d'astres radieux.
Ah! tes beaux yeux sont des étoiles
Devant qui pâlissent leurs feux.

ARLEQUIN.

(*A part.*) Voila un petit compliment turc qui n'est pas mal trouvé du tout. (*Haut.*) En vérité, seigneur, vous me confondez. Quand vous saurez....

LE SULTAN.

Adieu, ma toute belle; dans une demi-heure j'espère te retrouver en ces lieux. Le jour va bientôt finir, et des affaires importantes m'appellent au divan. Il n'en faut pas moins pour me forcer à différer mon bonheur. Holà! (*des muets arrivent.*) Qu'on accompagne par-tout ses pas; je veux qu'on lui rende tous les honneurs dûs à une sultane favorite.

SCÈNE XIII.

ARLEQUIN, MUETS.

ARLEQUIN.

(*A part.*) Me voilà bien dans mes affaires avec son rendez-vous.... et puis avait-il besoin de me donner cette vilaine escorte? Si je ne parviens pas à m'en débarrasser, je suis un homme perdu. (*Haut aux muets.*) Dites donc, mes amis, le sultan est bien honnête; mais je n'ai que faire de vous; vous pouvez vous en aller. Eh! bien, ils ne disent rien: voulez-vous bien répondre, quand on vous parle. (*Les muets font des signes.*) Qu'est-ce que c'est que toutes ces grimaces-là? Est-ce qu'ils ne m'entendent pas? (*Criant.*) Je vous dis que vous pouvez vous retirer, que je me passerai bien de votre compagnie. (*Les muets font encore des signes.*)

AIR: *Tout roule aujourd'hui dans le monde.*

Ces magots, pour toute harangue,
Ne font-ils jamais que cela?

(*Il imite les signes des muets, qui en font à leur tour, pour montrer qu'ils n'ont pas de langue.*)

Ciel ! que vois-je ? ils n'ont pas de langue.
Ce sont des muets ; m'y voilà.
Dans un endroit rempli de femmes
On doit n'avoir que des muets ;
Si d'autres parlaient que ces dames
Pourrait-on s'entendre jamais ?

Où donc est Colombine ? Je n'ai jamais eu si grand besoin de sa présence, de ses conseils. On vient, si ce pouvoit être elle.....

SCÈNE XIV.

LES PRÉCÉDENS, COLOMBINE.

COLOMBINE.

AH ! mon cher Arlequin, quel malheur ! le sultan sait-il ?....

ARLEQUIN.

Hélas ! il ne sait rien encore ; mais il va tout savoir.

COLOMBINE.

Comment cela ?

ARLEQUIN.

Il vient de me donner un rendez-vous : ç'en est ici le lieu, et dans moins d'une demi-heure il doit venir m'y trouver.

COLOMBINE.

Mais il faut sortir du sérail ; tu n'as pas un moment à perdre.

ARLEQUIN.

C'est bien dit ; mais tiens, regarde. (*Montrant les*

muets.) Ces vilains marabouts-là ont ordre de ne pas me quitter ; ma perte est inévitable.

COLOMBINE.

Hélas ! il est trop vrai. Que venais-tu chercher en ces lieux ?

AIR : *Du Vaudeville de la soirée orageuse.*

Cher amant, pour te voir périr,
Fallait-il te revoir encore ?

ARLEQUIN.

Venir de si loin pour mourir
Aux yeux de celle qu'on adore !

COLOMBINE.

Maudite erreur ! fatal habit !

ARLEQUIN.

Vains attraits ! funeste conquête !

COLOMBINE.

Je crois que j'en perdrai l'esprit.

ARLEQUIN.

Et moi que j'en perdrai la tête.

COLOMBINE.

Crois moi, quelque chose qui t'arrive, je partagerai ton sort. Si l'on t'arrache la vie, ma mort suivra de près la tienne.

ARLEQUIN.

Ecoute, ma Colombine, je suis bien sensible à cette preuve de ton attachement ; mais que ton desespoir n'ait pas de suites plus funestes que celui des femmes d'aujourd'hui, quand elles perdent leurs maris.

AIR : *Deux enfans s'aimaient d'amour tendre.*

Quand un mari cesse de vivre,
Sa femme lui crie : attends moi,

Mon cher époux, je vais te suivre;
Hélas! puis-je exister sans toi?
Dans sa douleur en vain dit-elle
Que la mort va finir ses jours,
Cette mort-là n'est pas mortelle,
Une femme en revient toujours.

COLOMBINE.

J'apperçois la sultane; retire-toi promptement; il serait imprudent de paraître devant elle.

(*Arlequin sort suivi de ses muets. La sultane entre accompagnée des siens.*)

SCÈNE XV.

COLOMBINE, ZULIMA, MUETS.

ZULIMA.

Eh! bien, ma chère Colombine, tu vois si mes soupçons m'ont trompée; le sultan a fait un choix.

COLOMBINE.

Hélas! oui.

ZULIMA.

Et quel choix! une esclave! une négresse! rien ne manque à sa honte et à la mienne. Une négresse! la rivale heureuse de Zulima!

AIR: *J'ai vu par-tout dans mes voyages.*

Si par sa beauté, sa noblesse,
Elle était digne de ses soins,
De l'affront fait à ma tendresse,
Ma vanité souffrirait moins;
Mais hélas! pour mieux faire injure

A mon orgueil, à mon amour,
C'est au rebut de la nature
Qu'il me sacrifie en ce jour.

COLOMBINE, *à part.*

Arlequin n'est pas flatté; mais c'est une rivale qui parle.

ZULIMA.

Quel outrage le cruel me réservait!

COLOMBINE.

Rassurez-vous, madame, ce n'est que l'infidélité d'un moment. Je vous suis caution qu'elle n'aura pas toutes les suites que vous imaginez.

ZULIMA.

Je l'espère bien; je vais poignarder à l'instant son infâme maîtresse, ou la faire étrangler par les muets qui me sont dévoués.

COLOMBINE.

Quoi! madame, vous pourriez....

ZULIMA.

Quel intérêt si pressant?....

COLOMBINE.

Le vôtre; vous allez vous perdre.

ZULIMA.

J'ai perdu son amour, je n'ai plus rien à ménager.

COLOMBINE.

Mais, madame, cette malheureuse négresse n'est pas coupable.

ZULIMA.

Elle n'est pas coupable et elle m'enlève mon amant!

COLOMBINE.

COLOMBINE.

Elle n'a rien fait pour captiver sa tendresse. Pouvoit-elle y prétendre?

ZULIMA.

Eh bien! je consens à lui laisser la vie; mais je vais à l'instant la faire enlever du sérail. (*Aux muets.*) Qu'on aille chercher le Bostangi; je veux lui parler sur-le-champ.

COLOMBINE, *à part.*

Ah! mon Dieu, je ne pensais pas à ces maudits muets. (*Haut.*) Madame.....

ZULIMA.

Eh bien!

COLOMBINE.

Le sultan, pour honorer sa nouvelle maîtresse, lui a donné des muets qui la suivent en tous lieux. Comment pourrez-vous?.....

ZULIMA.

Cet obstacle n'est rien. Le chef des muets est ma créature, et je n'aurai qu'un mot à dire.

SCENE XVI.

LES MÊMES, LE BOSTANGI.

ZULIMA.

Bostangi, vous savez l'indigne choix que le sultan a fait aujourd'hui. Il faut qu'à l'instant même vous fassiez sortir du sérail l'esclave noire qui en est l'objet.

LE BOSTANGI.

Madame.....

ZULIMA.

D'un côté ma haine, de l'autre mon amitié, avec 600 sequins que renferme cette bourse.

LE BOSTANGI, *à part.*

Je les donnerais pour que ce maudit Arlequin fût hors d'ici.

ZULIMA.

Je prends tout sur moi; je vais donner des ordres pour qu'on éloigne de cette femme les muets qui l'escortent, et qu'on vous l'amène ici sur-le-champ. (*Bas à Colombine.*) Toi, reste avec le Bostangi, pour surveiller l'exécution de mon projet, et pouvoir m'en rendre compte.

COLOMBINE.

Oui, madame.

SCÈNE XVII.

LE BOSTANGI, COLOMBINE.

COLOMBINE, *à part.*

Si, par la même occasion, je pouvais........ Bon, excellente idée! (*Haut.*) Seigneur Bostangi.

LE BOSTANGI.

Eh bien!

COLOMBINE.

Il faut que vous me rendiez un service.

LE BOSTANGI.

De quoi s'agit-il?

COLOMBINE.

De me faire sortir du sérail avec Arlequin.

LE BOSTANGI.

Vous plaisantez, je crois.

COLOMBINE.

Je ne plaisante pas. Je n'ai point, comme la sultane, 600 sequins à vous donner, pour vaincre votre résistance; mais je vous donne.....

LE BOSTANGI.

Quoi?

COLOMBINE.

Mon amitié.

LE BOSTANGI.

Beau cadeau!

COLOMBINE.

Ou ma haine.

LE BOSTANGI.

L'une m'importe aussi peu que l'autre.

COLOMBINE.

Vous ne voulez pas?

LE BOSTANGI.

Non.

COLOMBINE.

Eh bien! je vais dire au sultan que vous avez introduit un homme dans son sérail.

LE BOSTANGI.

Il va en sortir. Qui est-ce qui prouvera?.....

COLOMBINE.

Son évasion. Vous ne voulez pas le laisser ici ?

LE BOSTANGI, *à part.*

Je suis, ma foi, pris de tous les côtés. (*Haut.*) Mais songez.....

COLOMBINE.

J'ai songé à tout. C'est à vous de vous décider.

LE BOSTANGI.

Allons, j'y consens. (*A part.*) Je ne peux pas faire autrement.

SCÈNE XVIII.

LES PRÉCÉDENS, ARLEQUIN, *amené par un muet.*

ARLEQUIN.

PEUX-TU me dire, ma Colombine, ce que tout cela signifie ?

COLOMBINE.

Ne le vois-tu pas ? on va te faire sortir du sérail. La sultane, jalouse de toi à la fureur, vient d'en donner l'ordre au Bostangi.

ARLEQUIN.

Seigneur Bostangi, que vous êtes aimable !

COLOMBINE.

Tu ne sais pas encore combien de remerciemens tu as à lui faire ; il me fait partir avec toi.

ARLEQUIN.

Est-il possible ? Que je vous embrasse ! Tenez, Bostangi, dès que je serai arrivé à Paris, je vous enverrai cent bouteilles de vin d'Espagne, *port franc*. Vous l'aimez bien le vin d'Espagne.

LE BOSTANGI.

Vous pouvez le garder pour vous ; il a manqué me porter à la tête d'une rude manière. Perfide liqueur ! On vous en offre, poliment vous en acceptez, vous en buvez.....

AIR : *Du curé de Pompone.*

Puis sa vapeur vient vous saisir,
Vous battez la campagne ;
Sottise, danger, repentir,
Voilà ce qu'on y gagne.
Non, je ne veux plus d'un plaisir
Que la crainte accompagne.
Il m'en souviendra,
Larira,
De votre vin d'Espagne.

ARLEQUIN.

Qui a bu boira, mon cher Bostangi.

LE BOSTANGI.

Allons, ne perdons pas de tems davantage. Je descends au rivage louer une barque pour votre départ.

ARLEQUIN.

Et moi, je cours chercher ma batte et mon chapeau, que j'ai laissés dans ce kiosque.

SCENE XIX.

COLOMBINE, *seule.*

JE vais donc revoir la France ; quel heureux séjour !

AIR : *Dans cette maison à quinze ans.*

On y voit toujours sur nos pas
Des plaisirs la troupe folâtre ;
Nous captivons par nos appas
Un sexe qui nous idolâtre.
Il ne consulte que nos goûts,
Il n'a de desirs que les nôtres,
Et maîtresses de nos époux. (*Bis.*)

SCENE XX.

COLOMBINE, ARLEQUIN.

ARLEQUIN, *qui a entendu les derniers vers.*

SOUVENT aussi celles des autres.

COLOMBINE.

Qu'est-ce que vous dites donc là, monsieur Arlequin ?

ARLEQUIN.

Oh ! rien, ma bonne amie ; ce n'est pas pour toi que j'ai dit cela. Tu aimeras toujours ton petit mari Arlequin, toi. Ah ça, me voilà prêt. J'ai là-dessous ma casaque. Quand nous serons hors du sérail, je jetterai cette maudite robe à la mer.

SCENE XXI.

LES MÊMES, LE BOSTANGI.

LE BOSTANGI.

LA barque est louée et prête à vous recevoir. Il ne s'agit plus que de sortir d'ici. Prenons garde que votre départ ne soit apperçu de personne.

AIR : *N'entend on rien ?* (d'Azémia.)

N'entend-on rien ?

ARLEQUIN, COLOMBINE.

Non, rien.

LE BOSTANGI.

Ecoutons bien.

ARLEQUIN, COLOMBINE.

Ecoutons bien ;

TOUS TROIS.

Il faut ici de la prudence,
Du soin et de la diligence.

LE BOSTANGI.

Laissez-moi faire,
Tout ira bien.

TOUS TROIS.

Il faut sur-tout du mystère ;
Tout ira bien.

SCENE XXII.

LE SULTAN, *seul.*

VOICI le lieu et l'heure du rendez-vous. En le donnant ici, je ne ne pensais pas à me ménager une scène de nuit. Me voilà comme un Français qui veut tromper la surveillance d'une mère ou d'un époux. Je ne joue pas du tout là le rôle de Sultan...... Je ne vois pas trop ma charmante maîtresse. Elle devrait être ici. Elle ne peut pas tarder à venir, patientons.

SCENE XXIII.

LE SULTAN, LA SULTANE.

LA SULTANE, *à part.*

COLOMBINE n'est pas venu m'annoncer le départ de cette créature. Il faut bien que j'en vienne moi-même savoir des nouvelles ; je ne serai pas tranquille que je ne la sache hors du sérail. J'entends marcher ; prêtons l'oreille.

LE SULTAN.

Mais voyez donc si elle viendra. Allons, pour complétter l'aventure, je vais chanter à ma belle.

AIR : *Tandis que tout sommeille.*

Je vois par tout s'étendre
Les ombres de la nuit.

LA SULTANE, *à part.*

De l'ingrat qui me fuit,
La voix se fait entendre.

LE SULTAN.

Viens, suis mes pas,
Viens dans mes bras.

LA SULTANE, *à part.*

Il attend la traîtresse.

LE SULTAN.

Profitons d'un instant si doux.

LA SULTANE, *à part.*

Comment contenir mon courroux !

LE SULTAN.

Mais quelqu'un vient.

LA SULTANE, *à part.*

Approchons-nous.

LE SULTAN.

C'est ma belle maîtresse.

(*En lui saisissant le bras.*)

Je la tiens.

LA SULTANE, *à part.*

Je le tiens.

LE SULTAN.

Tu as bien tardé. Sais-tu que si je t'aimais moins ?...

LA SULTANE.

Vous m'aimez donc beaucoup ?

LE SULTAN.

A la folie.

LA SULTANE.

Et la Sultane ?

LE SULTAN.

Oh ! plus du tout, je t'assure.

LA SULTANE.

Vous m'étonnez. Elle est jeune, assez jolie.

AIR : *Du Vaudeville de Panorama.*

Elle mérite encore qu'on l'aime.

LE SULTAN.

Avec toi j'en tombe d'accord.

LA SULTANE.

Pour vous sa tendresse est extrême.

LE SULTAN.

Je ne lui connais que ce tort.

LA SULTANE,

Comment ?

LE SULTAN.

Oui, ma belle, entre amans.....

Il faut un partage fidèle
De caresses, de soins rendus.
Elle a pris tout l'amour pour elle;
Voilà pourquoi je n'en ai plus.

Cette femme-là aime trop.

LA SULTANE, *à part.*

Cruelle leçon !

LE SULTAN.

D'ailleurs, cette Zulima, dont tu vantes si généreusement les charmes.....

SCÈNE XXIV.

LES MÊMES, LE CHEF DES EUNUQUES.

LE CHEF DES EUNUQUES.

SA hautesse est-elle ici ? je la cherche par-tout.

LE SULTAN.

Maudit soit l'importun ! Oui, traître sa hautesse est ici. Que lui veux-tu à sa hautesse ?

LE CHEF DES EUNUQUES.

AIR : *De la Fanfare de Saint-Cloud.*

Je veux qu'elle soit instruite
Que j'ai vu de ce sérail
Deux femmes sortir bien vîte,
Sans bruit et sans attirail.
Franchement je crois que l'une
Est la négresse au mouchoir.
Bien que ce fût sur la brune,
J'ai remarqué son teint noir.

On s'est mis aussi-tôt à la poursuite des deux fugitives. Voilà qu'on vous les ramène.

SCENE XXV ET DERNIÈRE.

LES PRÉCÉDENS, ARLEQUIN, COLOMBINE, ESCLAVES *portant des flambeaux.*

LE SULTAN.

ME trompé-je ?

ARLEQUIN.

Nullement.

LE SULTAN.

Me diras-tu ? ....

ARLEQUIN.

Je dirai tout. Voyons si vous aurez l'esprit de me comprendre. Je vous préviens que je serai le moins clair que je pourrai.

AIR : *Du Vaudeville de c'est l'un ou l'autre.*

Ce qui chez moi vous a tenté,
Est-ce l'esprit ou la beauté ?
C'est l'un et l'autre.
Sous la robe étais-je un garçon ?
Sous cet habit, suis-je un tendron ?
C'est l'un ou l'autre.
N'allez pas dans votre courroux
Faire que je ne sois chez vous
Ni l'un ni l'autre.

(*Montrant les eunuques.*) Je n'envie pas du tout le sort de ces messieurs-là.

LE SULTAN.

Ciel ! c'est un homme !

LA SULTANE.

Un homme!

LES ESCLAVES.

Un homme!

COLOMBINE.

Un homme.

ARLEQUIN.

Le beau coup de théâtre!

LE SULTAN.

Tu vas mourir.

ARLEQUIN.

(*Il pleure.*) Hi, hi, hi.

LE SULTAN.

Sa frayeur me divertit.

ARLEQUIN.

Allons, puisqu'il faut mourir, je vais, pour me mettre l'esprit en paix, faire mes petites dispositions testamentaires. Ma chère Colombine, tu me survivras, je t'en nomme l'exécutrice; je lègue :

AIR : *Mes chers amis pourriez-vous m'enseigner.*

Mon masque à ceux dont la fausse candeur
Déguise les perfides trames,
Pour qu'à la fin, leur front par sa noirceur,
Accuse celle de leurs ames;
Plus mon sabre de bois
A ceux dont les exploits
Sont moins fameux que la jactance;
Plus mon habit de vingt couleurs
A ceux qui d'avis et de mœurs
Changent suivant la circonstance.

Je n'ai plus rien; mes héritiers se partageront le reste. Qu'on me mène à la mort.

LE SULTAN.

Arrêtez; je lui fais grace.

ARLEQUIN.

Vraiment.

LE SUTAN.

Tu m'as fait rire pour la première fois de ma vie. La reconnaissance doit égaler le bienfait, et puis n'est-ce pas le cas d'avoir de l'indulgence, quand on en a tant besoin pour soi-même. Belle Zulima, obtiendrai-je aussi mon pardon?

COLOMBINE.

Ne vous l'avais-je pas bien dit?

LE SULTAN.

Parlez, je vous supplie.

ZULIMA.

AIR: *Souvent à l'accent je comprends.*

Mon cœur pour vous brûle d'un feu
Dont l'excès éteignit le vôtre;
Je vous en ai surpris l'aveu,
Ici, je vous en dois un autre,
Perfide! après l'affront sanglant
Qu'il faut que ma fierté dévore,
Je te haïs trop en ce moment, . . .
Pour ne pas t'adorer encore.

LE SULTAN.

Je suis trop heureux.

ARLEQUIN.

Ah! ça, monsieur le sultan, grace complette, vous me laissez sortir du sérail avec ma Colombine. J'y étais venu pour l'en tirer.

LE SULTAN.

Je n'ai rien à refuser aujourd'hui.

ARLÉQUIN.

Il est bon homme, ce sultan là.

VAUDEVILLE.

AIR : *Trouverez-vous un parlement.*

LE SULTAN.

Dupe d'un dehors imposteur,
Un instant je fus infidèle.
En amour évitons l'erreur;
La suite en peut être cruelle.
Des erreurs d'un volage époux
La femme à bon droit s'autorise,
Puis à ses dépens, entre nous,
Fait plus d'une tendre méprise.

ARLEQUIN.

Un instant j'ai séduit les yeux
Par une étrangère parure.
Que l'on voit d'hommes en tous lieux
User d'une telle imposture!
Des intrigans ont du crédit;
Ce sont leurs dehors que l'on prise.
Des sots passent pour gens d'esprit,
Leur habit cause la méprise.

ZULIMA.

J'aimais, et ma trop vive ardeur
Sans cesse voulait se produire;
Mais je reconnais mon erreur,
Ce jour a trop su m'en instruire.
Paraître et ne se montrer pas,
De l'amour telle est la devise.
Tendres beautés, en pareil cas,
Souvenez-vous de ma méprise.

LE CHEF DES EUNUQUES.

Ce sont les maris loups-garoux,
Qui font les femmes infidelles.
A tort on croit que les verroux
Répondent de l'honneur des belles.
C'est une erreur que parmi nous
Un constant usage autorise,

On sait de quel prix un époux
Chez vous paierait cette méprise.

COLOMBINE, *au Public.*

En croyant vous faire plaisir,
Si l'auteur de ce badinage,
Trompé dans son plus cher desir,
N'a fait qu'un insipide ouvrage,
En faveur du motif puissant
Qui dirigea son entreprise,
Témoignez, en l'applaudissant,
Que vous excusez sa méprise.

FIN.

A PARIS. De l'imprimerie rue des Droits-de-l'Homme,

www.ingramcontent.com/pod-product-compliance
Ingram Content Group UK Ltd.
Pitfield, Milton Keynes, MK11 3LW, UK
UKHW020405220726
13923UKWH00004B/1747

9 782329 071046